www.tredition.de

Monika Staudacher

SoulHeart Stories

Geschichten für Herz und Seele

www.tredition.de

© 2020 Monika Staudacher

Verlag und Druck:
tredition GmbH, Halenreie 40-44, 22359 Hamburg

ISBN
Paperback: 978-3-347-13392-1
Hardcover: 978-3-347-13393-8
e-Book: 978-3-347-13394-5

Danke an alle,

die mich ermutigt haben,

an mich zu glauben.

Chakren

Chakra, das Sanskrit-Wort für „Rad", kann übersetzt werden mit Energiezentrum oder Kraftwirbel.

Sie sind Empfänger und Transformatoren für alle Energieschwingungen und Informationen, die über den physischen Bereich hinausgehen und damit Verbindungstore zu unseren spirituellen Energiekörpern und zum Kosmos.

Jedes Chakra schwingt in seiner eigenen Frequenz und Farbe und ist für bestimmte Bereiche im Körper, sowie auf geistig-seelischer Ebene zuständig.

Die kleine Seele

Es war einmal eine kleine Seele.

Sie lebte zusammen mit ihrer großen Familie an dem wunderschönen „Ort der freien Seelen".

Das war kein Ort im Sinne, wie wir ihn hier auf der Erde kennen, vielmehr eine Art riesige Wolke, gefüllt mit bunten Farben, Liebe, Glück Erfüllung und Frieden. Hier war alles harmonisch miteinander verbunden und bildete zusammen ein großes Ganzes. Hier gab es kein „Müssen", sondern nur das einfach „Sein".

Eines Tages riefen die Ältesten die kleine Seele zu sich und verkündeten ihr feierlich:

„Unsere liebe kleine Seele, du bist jetzt so weit. Wir schicken dich auf die Erde zu deinem aller ersten Auftrag, um deine Medizin unter den Menschen zu verteilen, damit du Heilung, Hoffnung, Liebe und Glück in die Welt bringst."

Die kleine Seele jubelte, sprang und tanzte vor Freude.

Sie hatte schon viele Geschichten von den älteren Seelen über die Menschen gehört und deshalb war sie unglaublich gespannt und neugierig.

An ihrem Abreisetag verabschiedete sich die kleine Seele von ihren Mitseelen. Alle standen im Kreis um sie herum und gaben ihr noch gute Ratschläge mit auf den Weg.

Die Alten überreichten ihr den Rucksack mit dem wertvollen Inhalt und halfen ihr, ihn sich umzuschnallen.

„Viel Glück!"

„Pass gut auf dich und deine Medizin auf!"

„Beeil dich, damit du auch rechtzeitig dort bist!"

„Bleib dir immer treu!"

„Verlerne unsere Sprache nicht!"

„Vergiss uns nicht!", riefen ihr die anderen Seelen noch zu.

Die kleine Seele lächelte. Natürlich würde sie ihre Familie und ihren wundervollen Seelen-Heimatort niemals vergessen!

Sie drehte sich noch einmal um, winkte und rutschte dann den Regenbogen hinunter auf die Erde.

Sie musste sich wirklich beeilen, denn bald würde ein kleines Mädchen namens Mara auf die Welt kommen und sie wollte schon einige Zeit vor der Geburt ankommen.

Sanft und liebevoll schlüpfte die kleine Seele in den noch ungeborenen kleinen Körper von Mara und fand einen gemütlichen Platz ganz nahe an deren wundervollem, jetzt schon großen Herzen, das gleichmäßig und kräftig schlug.

Es fühlte sich wundervoll an, so warm und weich.

Solange Mara lebte würde die kleine Seele nun bei ihr sein, bevor sie danach wieder zu ihrem Heimatort zurückkehren würde.

Voller Eifer machte sich die kleine Seele an ihre Arbeit.

Sie nahm ein bisschen Medizin und rieb liebevoll Maras Herz damit fein. Den Rest packte sie wieder in ihren Rucksack.

Ihre Medizin wirkte sofort und Maras Eltern empfingen ihr Baby überglücklich und in großer Dankbarkeit. Vom ersten Moment an empfanden sie eine bedingungslose Liebe für die kleine Mara und ein warmes Lächeln breitete sich auf ihren Gesichtern und in ihren Herzen aus.

Die kleine Seele war sehr stolz und zufrieden mit sich und ihrem Wirken.

Im Laufe der Zeit sammelte sie fleißig neue Erfahrungen. Sie lernte die Welt der Menschen besser kennen und verstehen, ihre Art zu denken, zu fühlen, zu handeln und miteinander zu kommunizieren.

Sie fand es seltsam, dass die Menschen mehr auf ihren Verstand als auf ihr Herz hörten, doch sie bemühte sich sehr, es ihnen gleichzutun.

All das neue Wissen packte sie eifrig in ihren Rucksack, in dem ganz unten ja auch ihre Medizin lag.

Sehr bald schon hatte sie von den Menschen gelernt, wie das Leben wirklich war, was man denken, fühlen, sagen und tun durfte und was nicht, wie die Realität wirklich war und was man sich nur einbildete.

Sie hatte gelernt, dass man lieber misstrauisch sein und auf die Angst vertrauen sollte, dass es wichtig war, seinen Besitz für sich zu behalten und auch sein Herz abzusichern, so dass es einem keiner wegnehmen konnte. Jetzt wusste sie, dass man lieber bei dem bleiben sollte, was man kannte, dass das Leben nicht leicht und unbeschwert war, man kein automatisches Recht auf Glück und Liebe hatte, sondern dass man hart dafür arbeiten musste.

Mit der Zeit fühlte sich die kleine Seele jedoch irgendwie immer schlechter und kränker und der volle Rucksack zog schwer an ihren Schultern.

Sie biss die Zähne zusammen, arbeitete noch härter und sammelte noch fleißiger neue Erkenntnisse, so dass der Rucksack nun schon so voll war, dass er überquoll und das neue Wissen bereits auf den Boden fiel.

Nach und nach verblassten die Erinnerungen der kleinen Seele an den Ort, von dem sie kam und sie verlernte die Sprache der Seelen.

Sie wurde immer trauriger, müder und kraftloser, ohne es sich erklären zu können.

Die Seelenfamilie beobachtete besorgt die kleine Seele. Sie wollten ihr helfen und riefen ihr vom Heimatort aus zu, dass sie doch nur wieder ganz unten in ihrem Rucksack nachschauen und ihre Medizin wiederfinden müsste. Dann würde sie sich selbst heilen können, wieder vor lauter Glück strahlen und sich erinnern, wer sie war und warum sie überhaupt auf die Erde gekommen war.

Doch es schien, als könnten die Worte der Seelen nicht mehr zu der kleinen Seele vordringen.

Manchmal glaubte die kleine Seele, ein zartes Flüstern zu hören, aber schnell schob sie den Gedanken wieder beiseite. Sie wusste ja jetzt, dass so etwas nur Hirngespinste sein konnten.

Um der kleinen Seele auf die Sprünge zu helfen, schlüpften einige der älteren Seelen selbst in Körper auf der Erde. Sie arrangierten Begegnungen und bestimmte Situationen, aber die kleine Seele erkannte ihre Familie nicht mehr.

Manchmal träumte die kleine Seele von einem wunderschönen Ort, der ihr merkwürdig vertraut war. Eigentlich war es gar kein Ort, vielmehr ein Gefühl von Sein und Glück, von Vertrautheit, Verbundenheit, Einheit und Geborgenheit. Dort war es friedlich und liebevoll, ganz anders, als hier auf der Erde. Es gab auch keine Menschen, sondern … hm, sie konnte es nicht wirklich beschreiben …

In diesen Momenten erfüllte die kleine Seele eine unerklärliche, unendliche Sehnsucht.

***

Die Jahre und Jahrzehnte vergingen und die kleine Seele lebte noch immer in Maras Körper.

Aus dem ehemals glücklichen und fröhlichen Mädchen war inzwischen eine erwachsene Frau geworden, die von ihrem Alltag eingenommen war und EIGENTLICH ein ganz normales Leben führte. Einen Partner hatte sie nicht, aber EIGENTLICH hätte sie dafür auch gar keine Zeit gehabt. Sie musste oft Überstunden machen und war dann am Abend so müde, dass sie EIGENTLICH am liebsten nur zu Hause auf dem Sofa lag, sich einen Film anschaute oder ein Buch las. Sie musste doch EIGENTLICH froh sein, überhaupt eine Arbeit zu haben, mit der sie genug Geld verdiente, da durfte sie doch EIGENTLICH nicht wählerisch sein. Das Leben war eben kein Wunschkonzert. Auch, wenn es nicht besonders aufregend war, so konnte sie doch EIGENTLICH ganz zufrieden sein.

Warum war dann aber dieses Gefühl in ihr? Dieses Gefühl, dass da noch mehr war, dass da etwas in ihr langsam verkümmerte und nur darauf wartete, endlich befreit zu werden.

***

Die kleine Seele saß zusammengekauert neben Maras Herz und betrachtete es traurig. Sie konnte sich zwar nicht mehr so genau erinnern, aber es schien, als wäre es nicht mehr so warm, nicht mehr so leuchtend und nicht mehr so groß wie am Anfang.

Die kleine Seele fühlte sich so schwach und energielos, dass sie meistens schlief. Sie war so unendlich müde.

Einmal nahm sie all ihre noch vorhandene Kraft zusammen und versuchte aufzustehen. Doch sie schaffte es nicht, stolperte und schlug hart auf dem Boden auf. Dabei rutschte der prall gefüllte Rucksack von ihren dünnen Schultern, fiel auf den Boden, platzte und der Inhalt purzelte heraus.

Verstreut lag da nun all das Wissen, das die kleine Seele seit ihrem ersten Tag auf der Erde gesammelt hatte. All die Glaubenssätze, die neuen Programme des Verstandes, die schlechten Erfahrungen, das narzisstische Ego und … da war noch etwas, das ihr irgendwie bekannt und vertraut vorkam.

Die kleine Seele nahm es in die Hand, drehte es hin und her und mit einem Schlag kam die Erinnerung mit voller Wucht zurück.

Es war ihre Medizin!

Ein Gefühl von Glück durchströmte sie. Sie erinnerte sich wieder … an alles … an ihre Seelenfamilie, an ihren Heimatort und an ihren Auftrag hier auf der Erde!

Wie konnte sie das alles nur vergessen haben?

Mit einem plötzlichen Gefühl der Erleichterung registrierte sie, dass die schwere Last von ihren Schultern verschwunden war und sie spürte, wie wieder frische Energie in sie hineinströmte.

Sie fühlte sich gleich viel besser und glücklicher und jetzt wusste sie auch wieder, was zu tun war.

Die kleine Seele ging zu Maras grauem Herzen, streichelte es liebevoll, verteilte sanft ein bisschen Medizin darauf und flüsterte ihm etwas zu.

***

Mara hatte gerade Mittagspause.

Sie saß draußen auf einer Bank im Park und biss lustlos in ihr Sandwich.

In letzter Zeit hatte sie sich nicht besonders wohlgefühlt. Sie war oft gereizt, lustlos, ständig müde und irgendwie hatte sie an nichts mehr so richtig Freude. Ihre Freunde hatten sie schon darauf angesprochen, aber sie wusste ja selbst nicht, was mit ihr los war. Vielleicht sollte sie doch einmal zum Arzt gehen und ihre Blutwerte kontrollieren lassen.

Gerade als sie so in ihre trüben Gedanken versunken war, spürte sie ein merkwürdiges Prickeln in ihrer Brust und ihr Herz fing auf einmal an, wie wild zu schlagen.

Sie bekam es ein bisschen mit der Angst zu tun und suchte den Park mit ihren Augen nach einem möglichen Notfallhelfer ab.

Verwundert registrierte sie, dass an den Bäumen schon die Blätter wuchsen und dass der Himmel strahlend blau war.

Das war ihr vorher gar nicht aufgefallen.

Hmmm…, es duftete nach frischem Gras und Krokussen!

Tief atmete sie die frische Luft ein und ihr Herzschlag beruhigte sich.

Wie seltsam …

Ganz unerwartet stieg eine kindliche Freude in ihr hoch und sie hatte das dringende Bedürfnis, genau jetzt und hier zu springen und zu tanzen, ganz egal, was vielleicht andere von ihr hielten.

Ihre Müdigkeit war wie weggefegt und wich neuer Energie und Tatendrang.

Die Gedanken kreisten in ihrem Kopf.

Wieso saß sie überhaupt hier herum?

Wieso ging sie jeden Tag in dieses muffige Büro und tat Dinge, die ihr eigentlich gar keinen Spaß machten?

Was war aus der lebensfrohen, neugierigen, abenteuerlustigen Mara und ihren großen Träumen geworden?

Es war, als hörte sie eine ganz leise Stimme in ihrem Inneren, eine Stimme, die aus ihrem Herzen zu kommen schien und ihr Mut machte.

Ein Gedanke keimte in ihr auf, wurde größer und breitete sich immer mehr aus. Auf einen Schlag war sie so klar wie noch nie zuvor in ihrem Leben.

Entschlossen stand sie auf, packte ihre Handtasche und warf das restliche, geschmacklose Sandwich in den Abfalleimer.

Sie würde jetzt gleich mit ihrem Chef sprechen und kündigen.

Sie wollte sich nicht mehr mit einem „Passt schon" zufriedengeben. Nein, sie wollte mehr! Sie wollte ihr „Superdupermegatollesallerbestes Leben" und endlich das tun, was sie wirklich, wirklich liebte und erfüllte. Sie wollte glücklich sein, weil sie es verdiente, nein, weil sie es WERT war!

Freudig aufgeregt machte sie sich beschwingt auf den Weg in ihr neues Leben, um ihre Herzensmission zu leben und ihre ganz persönliche „Medizin" in der Welt zu verteilen.

Welle und Spirale

Sieh das stete Auf und Ab, das Ende und den Neubeginn.

Jede deiner Entscheidungen hat eine Wirkung auf dich selbst und auf dein Umfeld.

In der Summe beschreiben deine Entscheidungen die Spirale deines Lebens.

Entscheidung

Kreidebleich legte Nikas den Hörer auf.

Wieder einmal hatten seine Eltern einfach etwas für ihn entschieden, ohne zu fragen, was er eigentlich wollte.

Ärgerlich ballte er die Fäuste.

***

Nikas hieß so viel wie „Der Sieger".

Welch Ironie, denn so fühlte er sich keineswegs! Vielmehr fühlte er sich sehr einsam.

Er war ein Einzelkind.

Seine Eltern waren seit er denken konnte damit beschäftigt, das Firmen-Imperium noch größer, noch besser, noch gewinnbringender, noch mächtiger werden zu lassen. Für ihn blieb da nicht viel Zeit übrig. Auch zu den ständig wechselnden Kindermädchen, die sich um ihn kümmerten, konnte er keine wirkliche Beziehung aufbauen.

Das Anwesen der Rathenburgs ließ Nikas auch heute noch immer einen Schauer über den Rücken laufen.

Niemals hatte er es als einen Ort der Liebe und Geborgenheit, als Zufluchtsort oder als sein Zuhause empfunden.

Mit elf Jahren schickten ihn seine Eltern in ein internationales Elite-Internat nach London.

Obwohl die Kinder dort jedes zweite Wochenende nach Hause fahren durfte, ließen ihn seine Eltern meist nur für ein paar Tage in den Semesterferien abholen.

So verbrachte Nikas die meiste Zeit während seiner gesamten Schul- und Studienjahre im Internat.

Er vertrieb sich die Zeit mit Lernen, Sport und Lesen und war bald schon in allem Jahrgangsbester.

Freunde hatte er keine. Seine Klassenkameraden hänselten ihn als Streber und die meisten Kinder blieben sowieso nur für kurze Zeit im Internat.

Einen Freund aber hatte er.

Es war John, der Hausmeister.

John mochte den aufgeweckten, intelligenten Jungen, der immer versuchte, den Erwartungen aller gerecht zu werden.

Er spürte, wie einsam Nikas war und so bat er ihn oft, an den Wochenenden bei den anfallenden Arbeiten im Internat zu helfen.

John brachte Nikas bei, wie man Lampen auswechselte, Abflüsse reinigte, Wände strich, den Rasen mähte, die Rosen schnitt und alles, was sonst noch so anfiel.

Am liebsten war Nikas mit John in der kleinen Werkstatt. Dort reparierten sie die unterschiedlichsten Geräte und Maschinen und bauten sogar manchmal kleine Möbelstücke. Es stellte sich heraus, dass er eine große kreative Begabung und handwerkliches Geschick besaß.

Nach der Arbeit nahm John Nikas mit zu sich nach Hause, wo seine Frau Nina meist ein köstliches Essen vorbereitet hatte.

Sie saßen zu dritt in der Küche vor dem offenen Kamin, in dem im Winter immer ein warmes Feuer brannte und redeten über Gott und die Welt.

Nikas liebte es, mit den beiden zusammen zu sein, zu lachen und … ja, einfach nur glücklich zu sein.

Den beiden konnte er alles anvertrauen, auch seine Ängste, Wünsche und Träume. Bei ihnen konnte er einfach so sein, wie er war. DAS fühlte sich für ihn wie sein Zuhause an.

Auch John und Nina genossen es, Nikas um sich zu haben. Sie konnten selbst keine Kinder bekommen und liebten Nikas wie ihren eigenen Sohn.

So schnell waren die Jahre des Studiums vergangen! Er hatte ein schönes Zimmer hier auf dem Campus und fühlte sich eigentlich ganz wohl.

Vor ein paar Tagen saß Nikas mit John und Nina wieder in der Küche. Sie aßen, tranken ein Gläschen Wein, lachten und Nikas erzählte ihnen von seinen vielen Plänen, die er für sein Leben nach der Uni geschmiedet hatte.

Zuerst einmal wollte er sich für ein Jahr eine Auszeit gönnen, reisen und die Welt entdecken. Er wollte Abenteuer erleben, neue Dinge ausprobieren und viele Erfahrungen sammeln, um herauszufinden, wer er eigentlich war, was ihn wirklich begeisterte und wie er seine Zukunft gestalten wollte. Er wünschte sich ein erfülltes Leben und später eine Frau an seiner Seite, die er liebte und mit der er auch eine Familie gründen wollte.

Morgen sollte es nun so weit sein. Der lang ersehnte Tag der Graduation stand bevor und er war schon ein bisschen aufgeregt.

***

Der Anruf, den er vor ein paar Minuten von seiner Mutter erhielt, hatte ihn sehr aufgewühlt. Sie wollte sich vergewissern, dass er für die Feier auch wirklich gute Plätze in der ersten Reihe reserviert hatte.

Da das Verhältnis zu seinen Eltern eher kühl und förmlich war, verwunderte es ihn, dass seine Mutter merkwürdig nervös und kindlich freudig klang. Nachdem sie ein bisschen herumdruckste, verriet sie ihm das große Geheimnis, das sein Vater ihm morgen verkünden wollte.

Er hatte eine neue Firma gekauft, die er Nikas zum erfolgreichen Abschluss seines Studiums schenken wollte. Nikas sollte dann auch ab sofort deren Leitung übernehmen und als gleichwertiger Partner des Firmen-Imperiums eingetragen werden. Alles war bereits vorbereitet und der Termin beim Notar war für den Nachmittag nach der Graduation vereinbart.

Sprachlos und kreidebleich hatte Nikas den Hörer aufgelegt …

***

Oh nein!!! Das war nicht SEIN Plan! Jedenfalls jetzt noch nicht! Er musste doch erst die Welt erkunden und herausfinden, WAS er wirklich wollte!

Verzweifelt packte er seine Jacke und lief hinunter in den Ort zum Pub.

Er wusste nicht mehr, wie viele Gläser Ale er an diesem Abend getrunken hatte und er hatte auch keine Ahnung, wann und wie er nach Hause gekommen war, aber auf jeden Fall hatte er einen ziemlich heftigen Rausch …

***

Erschöpft und müde sperrt Nikas die Tür seiner Villa auf und tritt in das große Foyer. Alles ist ruhig. Niemand läuft ihm entgegen. Niemand wartet auf ihn.

Er legt den Schlüssel mit dem silbernen Logo seiner Firma in die edle Holzschale auf der Kommode und wirft sein Sakko von Armani über den antiken Sessel. Er streift sich die italienischen Designerschuhe von den Füßen und nimmt den Stapel Post, den das Hausmädchen schon für ihn bereitgelegt hat.

Der oberste Brief ist von irgendeinem Wirtschaftsinstitut.

Empfänger: „Herrn Dr. Niklas Rathenburg …"

Er seufzt. Wieder jemand, der seinen Vornamen nicht richtig schrieb! War ja auch kein Wunder! Es war so typisch für seine Eltern, dass sie diesen Namen für ihn ausgewählt hatten! Nikas, der Sieger! Immer ging es ihnen ums Gewinnen, um Macht, Erfolg und um Geld!

Sicher, er war tatsächlich einer der erfolgreichsten Unternehmer seiner Branche weltweit, machte jährlich riesige Gewinne und flog in der ganzen Welt umher. Er hatte eine wunderschöne Villa am Stadtrand mit unverbaubarem Blick ins Grüne und in seiner Garage stand eine beachtliche Sammlung teurer Autos.

Aber war er deshalb ein Sieger?

Er fühlte sich einsam.

Obwohl er ausgesprochen attraktiv war, war er nicht verheiratet. Er hatte nicht einmal eine feste Freundin. Natürlich gab es Frauen in seinem Leben, sogar viele, hübsche, junge Frauen, die nur darauf warteten, sich den begehrten Junggesellen zu schnappen. Doch er liebte keine davon wirklich und hatte das Gefühl, dass es den Damen auch mehr um sein Vermögen, als um ihn selbst ging.

Er drückt auf den Knopf des Anrufbeantworters und hört sich die Nachricht seiner Mutter an:

„Hallo Nikas. Du denkst   an das Dinner Samstagabend? Wir erwarten dich um 19 Uhr. Ach ja, noch alles Gute zum Geburtstag von mir und deinem Vater. Ich hoffe, deine Sekretärin hat dir die Flasche Cognac von uns gegeben. Also, wir sehen dich morgen. Sei bitte pünktlich."

Er verdreht die Augen. Wieso rief sie deshalb an? Sie erwarteten ihn doch JEDEN Samstagabend zum Dinner.

Das war keine Einladung, bei der er eine Wahl gehabt hätte, nein, es war eine Pflichtveranstaltung, bei der es kein Entrinnen gab.

Diese Abende verliefen immer gleich. Zunächst begrüßte er seine Mutter mit einem steifen Kuss auf die Wange und traf anschließend seinen Vater im Kaminzimmer bei einem Glas Cognac.

Sein Vater ließ sich von ihm über die Entwicklung der Geschäfte und die Zahlen der vergangenen Woche berichten, bis sie vom Dienstmädchen zum Dinner in den großen Salon abgeholt wurden. Dort saßen sie dann zu dritt an dem riesigen, dunklen Holztisch und seine Mutter lenkte das Gespräch auf irgendeine ledige Tochter eines reichen, befreundeten Geschäftspartners, die eine gute Partie für ihn wäre. Entweder stellte sich Nikas einen Wecker und tat so, als wäre es ein dringender Telefonanruf, oder er ließ sich eine andere Ausrede einfallen, um das Anwesen seiner Eltern so schnell wie möglich wieder verlassen zu können.

In Socken läuft Nikas über den dunklen Holzboden in die sterile, kühle Edelstahlküche. Seine Haushälterin stellte ihm stets einen Teller mit Essen zum Aufwärmen in den Kühlschrank. Während er seine Mahlzeit in der Mikrowelle aufwärmt, schenkt er sich ein Glas Martini ein.

Bis auf die Flasche teuren Cognacs, die heute früh zusammen mit einer schlichten Karte seiner Eltern zum Geburtstag auf seinem Schreibtisch im Büro stand, war es ein ganz normaler Tag gewesen, wie fast jeder seiner Tage in den letzten Jahren.

Er führte ein Telefonat nach dem anderen, hetzte von Meeting zu Meeting, traf sich auf ein kurzes Mittagessen mit einem ausländischen Partner, musste ein paar unangenehme und weitreichende Entscheidungen treffen und hatte doch am Abend das Gefühl, nichts geschafft zu haben.

Manchmal fühlte er sich wie ein Hamster in einem Rad. Je schneller er lief, desto schneller drehte sich das Rad.

Sein Hausarzt warnte ihn schon seit Jahren, dass er sich unbedingt mehr Ruhe gönnen sollte. Aber das war leichter gesagt, als getan.

Mit dem Teller und der Post in der Hand schlendert er ins Wohnzimmer. Er schaltet den Nachrichtensender CNN auf dem riesigen Plasmabildschirm ein, setzt sich auf das dunkelbraune Ledersofa, stochert lustlos in seinem Essen herum und blättert dabei die Briefe durch.

Rechnung, Rechnung, Werbung, Rechnung, …

Was war das?! … Auf einem dunkelblauen Umschlag steht fein säuberlich mit Hand geschrieben sein Name und seine Adresse. Auf der Rückseite steht der Absender: John und Nina Walker.

Freude macht sich in ihm breit und gleichzeitig auch sein schlechtes Gewissen.

Hastig reißt er den Brief auf. Eine Karte, eine kleine Kerze und ein altes Foto fallen aus dem Umschlag.

Das Foto zeigt den kleinen Nikas an seinem zehnten Geburtstag. Stolz hält er sein Geschenk, ein rotes Schweizer Taschenmesser, in die Höhe und steht mit strahlenden Augen und aufgeblasenen Backen vor der Torte mit den zehn brennenden Kerzen.

Nikas öffnet die Karte. Eine Papiertorte poppt auf und es ertönt ein verzerrter „Happy Birthday-Song".

„Lieber Nikas,

wir wünschen dir von ganzem Herzen alles Liebe und Gute zu deinem Geburtstag. Wir denken oft an dich und hoffen, dass du genau das Leben führst, das du dir immer gewünscht hast. Das Foto habe ich kürzlich in einer Kiste entdeckt. Wir können uns noch ganz genau daran erinnern, wie John dir gezeigt hat, wie du mit deinem Taschenmesser ein Pfeifchen schnitzen kannst. Du warst so stolz darauf! Vielleicht bist du ja inzwischen verheiratet und hast selbst Kinder, denen du das Schnitzen beibringen kannst. Wir würden uns so freuen, dich wiederzusehen.

John ist es manchmal ein bisschen schwindelig und der Arzt sagt, er soll sich schonen, aber du kennst ja John, er will nichts davon wissen. Ansonsten geht es uns gut. Fühl dich fest gedrückt!

Deine Nina und John"

Tränen laufen dem großen, erwachsenen, erfolgreichen und sich unendlich einsam fühlenden Nikas über die Wangen.

Er kramt in der Schublade des Wohnzimmertischs nach dem Schweizer Taschenmesser, nimmt es in die Hand und betrachtet es.

Heute war sein fünfunddreißigster Geburtstag … wie gern hätte er ihn mit John und Nina gefeiert. Er bekam jedes Jahr von ihnen einen Brief zum Geburtstag! Und er? Er hatte sich schon so lange nicht mehr bei den beiden gemeldet. Eigentlich wollte er sie besuchen, aber irgendwie fehlte ihm immer die Zeit dafür.

Er gestand sich ein, dass er auch Angst davor hatte.

Er schämte sich für sein Leben, das ihm keinen Spaß machte, weil es eigentlich nur aus Arbeit bestand und er keine Zeit und Energie mehr für andere Dinge hatte.

Wie sollte er ihnen erklären, dass er sich und seine Träume verraten hatte, dass er nicht die

Welt entdeckt, Abenteuer erlebt und seine wahre Berufung entdeckt hatte?

Schluchzend rollt er sich auf dem Sofa zusammen und weint um all seine nicht gelebten Träume.

***

… irgendwo klingelt es…

Es dauert eine ganze Weile, bis Nikas merkt, dass es der Wecker seines Handys ist.

Was zum Teufel …?

Er ist schweißgebadet, ein fahler Geschmack füllt seinen Mund und sein Kopf droht bei der kleinsten Bewegung zu zerplatzen.

Langsam öffnet er die Augen und blinzelt in das Sonnenlicht, das durch das Fenster scheint.

Er liegt angezogen in seinem Bett in seiner Studentenbude …

Der Bildschirm seines Handys verrät ihm, dass es 9:30 Uhr ist.

Eine Erinnerung poppt auf: heute 11 Uhr Abschlussfeier Graduation Day!

Verwirrt bleibt Nikas noch einen Moment liegen. Seine Gedanken rasen wie wild durch sein Gehirn, als ob sie Fangen spielen würden.

Wieso Graduation Day? Was war mit seiner Firma, seiner Villa, …?

Nach und nach kehren seine Gedanken zurück in die Realität.

„Gott sei Dank! Es ist also noch nicht zu spät!", seufzt er erleichtert. „Es war nur ein Traum!"

Den stechenden Kater-Schmerz in seinem Kopf ignorierend, schlägt er die Bettdecke zurück und steht auf. Er löst eine Aspirin in Wasser auf und leert das ganze Glas in einem Zug.

Das kalte Wasser der erfrischenden Dusche spült die letzten Schleier und Zweifel von ihm fort.

Sorgfältig kämmt er sich die Haare, zieht sich das weiße Hemd über und schlüpft in den silbergrauen Anzug, den ihm seine Eltern für die heutige Abschlussfeier geschickt haben. Während er die weinrote Krawatte bindet, zwinkert er seinem Spiegelbild verschwörerisch zu.

Er hat eine Entscheidung getroffen.

Er geht zum Schrank, fischt den großen Tourenrucksack vom obersten Fach und legt schon mal ein paar Sachen aufs Bett.

Wanderschuhe, Turnschuhe, ein bisschen Kleidung, Waschzeug, Reisepass, Handy, Geldbeutel, Sonnenbrille und das rote Schweizer Taschenmesser. Alles ist bereit ... ER ist bereit ...

Ein wohliges Glücksgefühl, gemischt mit spannender Aufregung und Abenteuerlust durchströmt ihn.

Er nimmt einen tiefen Atemzug, schnappt sich seine schwarze Robe und das Barett und macht sich auf den Weg zu seiner Graduation-Feier und zu seinem neuen, spannenden Leben.

Ja,! Er ist Nikas – der Sieger!

Schmetterling

Wie wundervoll ist doch die Verwandlung einer
Raupe in einen Schmetterling.

Ein Neuanfang in anderer Gestalt, eine Weiterent-
wicklung der Fähigkeiten und die Vollendung des
Wachstums.

Ein Symbol für Transformation, Wiedergeburt und
die Seele.

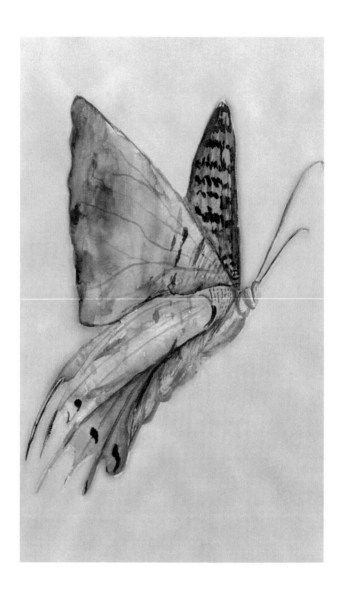

Umarmung

Die Luft riecht nach Frühling und die Vögel zwitschern in freudiger Erwartung um die Wette. Das frische, grüne Blätterkleid der Bäume fängt die Sonnenstrahlen ein und zwischen den ersten Osterglocken und Tulpen fliegen emsig die Bienen umher.

Jessica sitzt auf der Bank, auf der sie schon so viele unzählige Male gesessen hat und sieht mit leerem Blick auf den kleinen See vor ihr. Salzige Spuren getrockneter Tränen bedecken ihre Wangen.

Ein paar Enten schwimmen im Teich, doch Jessica nimmt nichts davon war. Für sie ist es ein farbloser, stummer und freudloser Tag, so wie alle Tage seit dem EINEN.

Warum nur?

Warum konnte sie es nicht verhindern?

Wieso war sie so machtlos?

Wie sollte sie so nur weiterleben können

***

Vor sechs Jahren saß Jessica auch weinend auf dieser Bank. Ihre Oma war gestorben und sie dachte an all die schönen Erinnerungen aus ihrer Kindheit. Wie ihre Oma ihr immer an einem langen Seil ein Körbchen mit Süßigkeiten vom ersten Stock herunterließ, wenn sie im Garten spielte. Sie konnte sich noch genau an den Geschmack der Schokobonbons erinnern, die mit rosa und weißem Pfefferminzguss überzogen waren. Sie liebte ihre Oma sehr und jetzt war sie einfach nicht mehr da.

In ihre Trauer mischte sich plötzlich Musik. Anscheinend spielte jemand ganz in der Nähe Gitarre und sang dazu. Was für eine Stimme! So wunderschön!

Jessica war neugierig, stand seufzend auf und lief dann wie, magisch angezogen, in die Richtung, aus der die Töne kamen.

Nach ein paar Minuten stieß sie auf die Quelle dieser schönen Klänge. Sie sah einen jungen Mann, der sich mit geschlossenen Augen ganz seinem Spiel und seinem Gesang hingab.

Sie musterte ihn eingehend.

Seine blonden Haare standen strubbelig im Surferstyle von seinem Kopf ab. Er trug ausgewaschene Jeans, die ein Stück unter seine Hüften gerutscht waren und den Blick auf den Schriftzug „Calvin Klein" freigaben. Das schwarze T-Shirt mit der Aufschrift „Hard Rock Café" lag eng über seinem muskulösen Bauch und der lange, ein bisschen schäbig wirkende, Ledermantel verlieh ihm einen gewissen Cowboy-Look. Auch die weißen, abgewetzten Turnschuhe hatten ihre besten Tage wohl bereits hinter sich.

Er sah einfach unglaublich gut aus!!!

In dem offenen Gitarrenkoffer, der mit Aufklebern aus der ganzen Welt beklebt war, lagen bereits etliche Münzen.

Als der Song zu Ende war, öffnete der junge Mann seine umwerfend blauen Augen und sah direkt in die von Jessica.

Die umstehenden Zuhörer applaudierten begeistert, warfen noch ein paar weitere Münzen in den Gitarrenkoffer und gingen dann wieder ihrer Wege.

Der junge Mann lächelte verschmitzt und betrachtete Jessica ganz unverblümt, die immer noch wie angewurzelt dastand.

Dann ging er auf sie zu, nahm ihren Kopf zwischen seine Hände und küsste sie vollkommen unerwartet mitten auf den Mund.

Das Blut schoss in Jessicas Kopf, ihre Wangen glühten und ihr Körper zitterte.

Was fiel denn dem ein? Was glaubte der denn, wer er war?

Ärgerlich versuchte sie, das freudige Hüpfen ihres Herzens zu ignorieren

Der junge Mann grinste bis über beide Ohren, deutete auf die gerade verdienten Münzen und fragte: „Hey, ich bin Luke. Hast du Lust auf ´nen Kaffee? Komm, ich lad dich ein!"

Ohne ihre Antwort abzuwarten, packte er seine Sachen zusammen, nahm ihre Hand und zog sie mit sich durch den Park zu einem kleinen Café.

Jessica, die immer noch seine Lippen auf den ihren spürte, kam langsam wieder zu sich.

Luke strotzte geradezu vor Lebensfreude, Übermut und positiver Energie, so dass sie ihm nicht länger böse sein konnte.

Sie setzten sich an einen kleinen Tisch und bestellten zwei Cappuccino.

Sie genoss es, in seiner Gesellschaft zu sein und sich von seiner Leichtigkeit und Fröhlichkeit anstecken zu lassen.

Sie redeten und lachten bis die Bedienung sie darauf hinwies, dass das Café nun gerne schließen würde.

Luke erzählte ihr, dass er am nächsten Tag ganz in der Früh weiterziehen wollte. Ein festes Ziel hatte er noch nicht, denn er liebte es, sich einfach treiben und überraschen zu lassen, wohin es ihn führte.

Jessica wollte sich noch nicht von Luke verabschieden. Sie spürte, dass sie sich in ihn verliebt hatte, das war ihr so noch nie passiert.

Da er noch keine Bleibe für die Nacht hatte, bot Jessica ihm ihr Sofa an. Auch so etwas hatte sie vorher noch nie getan!

Bei Kerzenschein tranken sie noch ein paar Gläschen Wein auf dem Balkon und jeder von ihnen konnte dieses besondere Knistern spüren, das zwischen ihnen herrschte …

Am nächsten Morgen wachte Jessica mit einem Lächeln auf. Wow! Was für eine leidenschaftliche Liebesnacht!

Sie tastete neben sich, doch das Laken war kalt und Luke war nicht da. Sie sah zu dem unberührten Sofa hinüber und entdeckte darauf einen kleinen Zettel mit den Worten:

„Liebe Jessica,

ich wollte dich nicht wecken, weil ich schon ganz früh aufgebrochen bin. Vielen Dank für den schönen Tag und die umwerfende Nacht mit dir. So etwas habe ich noch nie vorher erlebt und das sage ich jetzt nicht einfach so. Du bist etwas ganz Besonderes. Vielleicht schreibe ich ja mal einen Song darüber. Ich hoffe, unsere Wege kreuzen sich irgendwann wieder. Ich werde dich nie vergessen.

Von Herzen

Luke."

Sie spürte einen Stich in ihrem Herzen. Wie sehr sie sich doch gewünscht hätte, dass er noch bei ihr geblieben wäre. Sie wusste ja nicht einmal seinen Nachnamen …

***

Fast vier Monate nach dieser ganz besonderen Nacht strich Jessica sanft über ihren Bauch und betrachtete liebevoll das erste Ultraschallbild von ihrem Baby.

Sie hatte gerade erfahren, dass sie schwanger war und tausend Gedanken schossen ihr durch den Kopf. Sie konnte es noch gar nicht richtig fassen, aber eins war für sie ganz klar:

Sie würde dieses Baby der Liebe und Leidenschaft bekommen. Es würde seinen Vater vermutlich leider nie kennenlernen, aber sie würde ihm erzählen, wie wunderbar er war und wie sehr sie in ihn verliebt war. Und sie würde dieses Baby mehr lieben, als alles andere auf der Welt!

***

An einem klaren Tag im Januar kam der kleine Henry zur Welt.

Er war ein richtiger Sonnenschein, hatte die gleichen strubbeligen Haare, wie sein Vater, die gleichen strahlenden, blauen Augen und das gleiche umwerfende Lächeln.

Und ...

er hatte einen aggressiven Tumor im Gehirn, den man nicht behandeln konnte.

***

Bei dem Gedanken an ihren Sohn lächelt Jessica traurig und starrt weiter mit leerem Blick auf den See. Den schönen, golden schimmernden Schmetterling, der die ganze Zeit um die Bank herumflattert, nimmt sie gar nicht wahr.

***

Jessica ging oft mit Henry im Park spazieren und jedes Mal setzten sie sich zusammen auf diese Bank und beobachteten die Enten auf dem See.

An einem dieser Tage, Henry war ungefähr zwei Jahre alt, geschah etwas sehr Merkwürdiges.

Mit gesenktem Kopf und hängenden Schultern ging ein alter Mann an ihnen vorbei. Seine Schritte schienen ihm schwer zu fallen.

Da kletterte Henry von der Bank, lief auf ihn zu, sah zu ihm nach oben, lächelte ihn an und umarmte ihn. Besser gesagt, er umarmte die Beine des alten Mannes, weil er ja noch so klein war.

„Na Kleiner, du bist ja vielleicht süß", murmelte der alte Mann, lächelte verwundert und strich Henry liebevoll über den Kopf.

Dieser Moment hatte etwas so Tiefes, Kraftvolles, Intimes, Ehrliches und … irgendwie Magisches an sich.

Henry löste die Umarmung, winkte dem alten Mann zum Abschied und kletterte zurück auf die Parkbank zu seiner Mutter, als ob es das Selbstverständlichste der Welt gewesen wäre.

Der Mann hob seinen Hut zum Gruß, nickte den beiden lächelnd zu und ging wieder weiter. Seine Schritte wirkten jetzt leichter, der Körper war aufrechter und sein Blick schweifte in die wunderschöne Natur um ihn herum.

Als Jessica Henry fragte, warum er das gemacht hatte, neigte dieser seinen Kopf, schenkte ihr sein strahlendes Lächeln, zuckte mit den Schultern und sagte: „Alte Opa so traurig, Eny Aua weg macht." Dann kuschelte er sich an seine Mama und döste ein bisschen ein.

Seit diesem Tag umarmte Henry immer wieder fremde Menschen.

Er hatte ein untrügliches Gespür dafür, wenn jemand traurig, einsam, oder krank war, oder wenn es jemandem einfach nicht gut ging.

Manchmal waren die Menschen darüber nur verwundert und überrascht, meistens aber waren sie sehr gerührt.

Am Ende lag jedoch bei allen stets ein sanftes, glückliches Lächeln auf dem Gesicht und sie schienen irgendwie von innen heraus zu strahlen.

***

Jessicas Augen füllen sich wieder mit Tränen.

Kurz vor Henrys sechstem Geburtstag diagnostizierten die Ärzte, dass es wohl der letzte sein würde, den Henry noch erleben würde.

Bis zum Schluss bestand Henry aber darauf, mit Jessica in den Park zu gehen.

Einmal fragte er sie: „Mama, warum sind so viele Menschen so traurig und alleine? Sie brauchen doch nur ein bisschen Liebe!"

Jessica drückte ihn liebevoll an sich und er schlang seine dünnen Ärmchen um sie.

„Mama, du musst auch nicht traurig sein! Ich geh zwar bald wieder zurück, aber ich hab dich immer lieb!"

***

Ihre Augen füllen sich schon wieder mit Tränen.

Was für ein kluger, tapferer und wundervoller Junge er doch gewesen war.

Und da war er wieder, dieser tiefe, kaum zu ertragende, Schmerz der Erinnerung, der ihr Herz jedes Mal wie ein Dolch durchbohrte.

Schluchzend verbirgt sie ihr Gesicht in ihren Händen und gibt sich der nächsten Heulattacke hin.

Warum nur?

Warum er?

Warum jetzt?

Er war doch noch so jung!!!

Was sollte sie nur tun?

Wie sollte sie das nur überstehen?

Diese Traurigkeit, Einsamkeit und Sinnlosigkeit war mehr, als sie ertragen konnte.

Da spürt sie eine tröstende Hand auf ihrer Schulter. Verheult blickt sie in das bekannte Gesicht des alten Mannes, der sie voller Mitgefühl anlächelt.

Neben ihm stehen noch viele andere Menschen, alles bekannte Gesichter, alles Menschen, denen Henry einmal mit seinen Umarmungen Trost gespendet und neuen Mut gemacht hatte.

Nun sind sie es, die Jessica umarmen, ihr ein warmes Lächeln und tröstende Worte schenken.

„Es tut uns so leid. Ihr kleiner Sohn war für uns da, als es uns schlecht ging. Er hat uns die Hoffnung zurückgegeben und neues Glück und Freude in unser Leben gebracht. Er hat unsere Seelenwunden geheilt und dafür sind wir ihm und auch ihnen unendlich dankbar. Bitte lassen sie uns wissen, wenn wir irgend etwas für sie tun können. Wir werden ihren Henry nie vergessen. Er war ein kleiner Engel."

Sie klopfen Jessica noch einmal auf die Schultern oder drücken zum Zeichen ihres Mitgefühls ihre Hand und verabschieden sich von ihr mit den Worten: „Sie können sehr stolz auf ihn sein."

Jessica spürt, wie sich zu ihrer Trauer auch tiefe Dankbarkeit, Verbundenheit und Liebe mischt und ihr Herz weiß, dass der Schmerz irgendwann ein bisschen leichter werden wird. Es würde sicher noch ein langer Weg werden, aber die Heilung hatte bereits begonnen.

In diesem Moment hört sie wunderschöne Gitarrenmusik und einen Gesang, der ihr irgendwie vertraut ist und ihr Herz berührt …

Ein ungläubiges, freudiges Lächeln huscht über Jessicas Gesicht und bringt ein bisschen Farbe und Leben zu ihr zurück.

Mit leicht geröteten Wangen steht sie auf und läuft mit schnellen Schritten in die Richtung, aus der die Musik zu kommen scheint.

***

Der golden schimmernde Schmetterling lässt sich auf der Parkbank nieder.

Zufrieden klappt er seine Flügel langsam auf und zu und zeigt sich in seiner ganzen Schönheit.

Weiße Feder

Wenn du eine weiße Feder siehst, darfst du dich erinnern, dass dein Schutzengel immer bei dir ist und auf dich Acht gibt.

Mit dem Herzen sehen

Der siebzehnjährige Kevin stand mit finsterer Miene und verschränkten Armen in der Tür der Küche und zog einen Schmollmund.

Seine Mutter war gerade damit beschäftigt, das Abendessen vorzubereiten und er hörte, wie sie Teller und Besteck auf den Tisch stellte. Er roch, dass es sein Lieblingsessen, Grillhähnchen und Pommes, gab.

„Jetzt sei doch nicht so, Kevin!" Seine Mutter stupste ihn aufmunternd an der Schulter. „Es wird bestimmt total nett und lustig!"

Da war Kevin aber ganz anderer Meinung.

Er hatte absolut keinen Bock mit dieser komischen Jugendgruppe, die er überhaupt nicht kannte, den Sommer in einem Naturcamp zu verbringen.

Er hasste das Gefühl von Hilflosigkeit, wenn er irgendwo war, wo er sich nicht auskannte.

Er hasste es, mit fremden Menschen zusammen zu sein.

Er hasste es, wenn er bemitleidet wurde und er hasste es noch mehr, wenn die Leute so taten, als wäre alles ganz normal und als würden sie ihn nicht bemitleiden.

Kurzum, er hasste es, in dieses Camp zu fahren.

Seit er denken konnte, verbrachte Kevin die Sommerferien immer zusammen mit seinen Eltern und seiner Schwester Maia in einem Ferienhäuschen in der Bretagne.

Er liebte das kleine französische Dorf, die schmalen, kühlen Gassen, das Kreischen spielender Kinder, den salzigen Geruch der Luft, das Rauschen des Meeres und den frischen Wind, der ihm durch das dunkle, lockige Haar fuhr.

Die meisten Leute dort kannten ihn schon von klein auf und stellten ihm keine Fragen. Alles war ihm dort vertraut und daher fühlte er sich sicher und geborgen.

„Aber warum können wir nicht in die Bretagne fahren, so wie jedes Jahr?", fragte er gereizt.

„Ach Schatz, das haben wir doch schon so oft besprochen. Dein Vater hat dieses Jahr keine Zeit, weil er ein wichtiges Projekt fertigstellen muss und ich muss für meine Kollegin einspringen, weil sie im Krankenhaus liegt", erwiderte seine Mutter geduldig.

„Maia fährt mit der Familie ihrer Freundin nach Italien mit und für dich ist dieses Camp doch auch mal eine schöne Abwechslung. Du erlebst mal was Neues und kommst mit anderen jungen Leuten zusammen, denen es auch so …"

Sie sprach den Satz nicht zu Ende, doch Kevin wusste, was sie sagen wollte.

Junge Leute, denen es auch so ging, wie ihm, die auch anders waren, als andere, die auch „gehandicapt" waren, wie man so schön sagte, um nicht das Wort „behindert" benutzen zu müssen.

Aber genau das war er, behindert!

Als er drei Jahre alt war, wurde eine seltene Augenkrankheit bei ihm festgestellt. Die Ärzte versuchten alles, was in ihrer Macht stand, aber am Ende konnten sie nicht verhindern, dass er schließlich blind wurde.

Seine Welt bestand nur noch aus groben, grauen Schemen. Grau, helleres Grau, dunkleres Grau, aber immer nur dieses graue, grauenvolle Grau!

Seine Familie konnte inzwischen ganz gut mit der Situation umgehen und auch Kevin hatte natürlich in der Blindenschule gelernt, in seinem Alltag so gut wie möglich zurechtzukommen.

Aber er war so wütend! So wütend auf alles und jeden, auch, wenn er wusste, dass niemand Schuld an seiner Krankheit hatte.

Und trotzdem!

Und auf dieses doofe Camp, in dem lauter unterschiedliche Behinderte waren, hatte er einfach keine Lust. Basta!

„Es ist wirklich alles super organisiert und du wirst morgen direkt von hier zu Hause abgeholt. Ihr fahrt dann alle gemeinsam mit dem Bus zum Camp. Ist das nicht toll? Ich freu mich so für dich! Das wird so spannend!" Seine Mutter gab ihm einen unerwarteten Kuss auf die Wange.

***

Serena saß am Küchentisch. Vor ihr lag der Prospekt des Jugendcamps, den sie schon unzählige Male durchgelesen hatte.

Sie war so aufgeregt. Ihr Koffer stand schon seit Tagen fix und fertig gepackt in der Diele.

Serena wusste, wie schwer es für ihre alleinerziehende Mutter war, das alles zu stemmen. Die Arbeit in der Klinik, der Haushalt und dann auch noch sie.

Sie hatten nicht viel Geld und ihre Mutter sparte schon seit langem dafür, dass Serena in dieses Camp fahren konnte.

Es war das erste Mal in ihrem Leben, dass Serena alleine verreiste, das erste Mal ohne ihre Mama.

Sie freute sich so unsagbar, etwas Neues zu erleben, andere Jugendliche kennenzulernen und ganz viel Zeit in der Natur und an der frischen Luft zu verbringen.

Sie liebte die Natur!

Manchmal, wenn ihre Mama einen freien Tag hatte, fuhren sie in den Park mit dem kleinen See, auf dem ganz viele Enten schwammen. Sie saß dann in ihrem Rollstuhl am Ufer und warf den Enten kleine, harte Brotstückchen zu.

Bei dem Gedanken daran lächelte sie.

„Woran denkst du denn gerade, mein Schatz? Es muss etwas sehr Schönes sein, denn du grinst schon die ganze Zeit vor dich hin." Serenas Mutter trat hinter sie und legte sanft ihre Hände auf Serenas Schultern.

„Ach Mama! Ich bin einfach nur glücklich! Ich freue mich so sehr auf das Camp und die anderen Jugendlichen und ich bin schon so gespannt, dass ich es kaum mehr aushalte bis morgen!"

Dankbar blickte sie zu ihrer Mama hoch. „Danke Mama. Danke, dass du das für mich tust. Hab dich so lieb!" Serena warf ihrer Mutter ein Flugbussi zu. Gerührt umarmte Serenas Mutter ihre Tochter.

„Ich wünschte, ich könnte noch viel mehr für dich tun, mein Schatz. Ich bin so stolz auf dich, wie du das alles meisterst und was du für eine wunderbare junge Frau geworden bist. Hab dich auch lieb!". Sie drückte einen dicken Schmatzer auf Serenas Wange.

***

Um Punkt elf Uhr vormittags kam der Bus.

Kevin hatte seine dunkle Sonnenbrille auf und wartete mit seiner Mutter bereits vor der Haustür.

„Moment! Ich helfe dir!", bot Kevins Mutter an und wollte den Koffer nehmen.

„Nein!", rief Kevin genervt, drehte sich um, um nach dem Koffer zu greifen und stolperte darüber.

Wütend und fluchend rappelte er sich wieder hoch und tastete erneut nach dem Koffer.

Er spürte den leichten Druck der warmen, sanften Hand seiner Mutter an seinem Arm, die ihn an sich zog und ihn zum Abschied kurz umarmte.

„Ich wünsche dir viel Spaß, mein Schatz. Du wirst sehen, alles wird gut!"

Zögernd erwiderte er die Umarmung, nickte seiner Mutter noch einmal zu und lief dann in Richtung Motorengeräusch.

Der Fahrer nahm ihm das Gepäck ab, verstaute es und führte ihn auf seinen Platz im Bus.

„Das ist Kevin", sagte er knapp, dann setzte er sich wieder hinter sein Steuer und fuhr los.

Ok. Jetzt saß er also in diesem gottverdammten Bus, der ihn zu diesem gottverdammten Camp bringen würde, zusammen mit diesen gottverdammten anderen Krüppeln.

Gerade als er sich demonstrativ seine dicken Kopfhörer aufsetzen und sich in vollen Zügen seinen trüben Gedanken hingeben wollte, tippte ein ETWAS auf seine Schultern.

„Hi Kevin, ich bin Serena. Schön, dich kennenzulernen. Ich war die Erste, die abgeholt wurde, deshalb konnte ich mir diesen Platz ganz vorne ergattern. Vorhin wollte sich schon ein anderer Junge neben mich setzen, aber der Busfahrer hat gemeint, der wäre schon für dich reserviert. Da war ich jetzt schon gespannt auf dich. Weißt du, ich freu mich schon so sehr auf das Camp, weil ich sowas noch nie vorher gemacht habe. Ich war noch nie alleine weg. Also, das ist ja jetzt auch nicht alleine, aber ich meine ohne meine Mama, also einfach mal so, mit anderen. Das ist ja so aufregend! Ich bin schon total gespannt, was wir da alles machen werden! Ich kenn zwar noch keinen, aber wir werden bestimmt eine richtig nette Gruppe sein. Wir sind ja gleich viele Mädchen wie Jungs, das ist voll cool! Ich bin dieses Jahr sechzehn geworden …"

OH MEIN GOTT!!! Wie konnte jemand nur so viel an einem Stück quatschen!?! Kevins Kopf schien fast zu zerplatzen. Das fing ja schon gut an. Sowas hatte ihm gerade noch gefehlt.

Er wollte einfach nur seine Ruhe haben, sonst nichts.

Die Zeit im Camp würde er zwar absitzen müssen, aber Spaß würde er mit Sicherheit keinen haben.

Er setzte die Kopfhörer auf, verschränkte die Arme vor seiner Brust und drehte seinen Körper demonstrativ weg von der Quatsch-Suse.

Immer wieder hielt der Bus, um weitere Mitreisende abzuholen und irgendwann gelang es Kevin sogar, ein bisschen einzunicken.

Nach ein paar Stunden Fahrt wurde er von einem Rütteln und Schütteln geweckt.

Das Schütteln kam vom Bus, der anscheinend mit ziemlich unebenem Untergrund zu kämpfen hatte, das Rütteln kam von seiner redefreudigen Nachbarin, die ihn am Ärmel zupfte.

„Hey Kevin, wach auf! Wir sind gleich da! Das musst du dir anschauen! Da hinten sieht man schon die Hütten! Kannst du sie sehen?"

„Nein, kann ich nicht", antwortete Kevin knapp.

„Na da, zwischen den Bäumen! Das musst du doch sehen!"

„Tu ich aber nicht!", schrie Kevin Serena an. „Ich bin nämlich blind! Aber das hast du wahrscheinlich vor lauter Reden nicht bemerkt!"

„Oh … ! Das … das tut mir leid! Also nicht, dass du blind bist, also doch, natürlich auch, aber ich meine, dass ich es nicht bemerkt habe. Echt sorry! Wie blöd von mir! Ich war einfach so aufgeregt und hab mich so auf das Camp gefreut. Tut mir echt leid!", entschuldigte sich Serena aufrichtig.

„Schon gut", murmelte Kevin.

„Weißt du was? Ich mach's wieder gut. Ab sofort bin ich deine Augen hier im Camp und ich werde dir alles ganz genau beschreiben, was ich sehe. Versprochen!"

Na toll! Das hatte er jetzt davon! Einen persönlichen „Blindenhund" in Form einer geschwätzigen Sechzehnjährigen!

Als der Bus auf dem großen Platz vor dem Camp hielt, wurden sie bereits von den Betreuern empfangen und herzlich willkommen geheißen. Sie versammelten sich im Gemeinschaftsraum, wo sie einen Stuhlkreis bildeten. Der Reihe nach sollten sie sich nun kurz vorstellen und ein bisschen etwas über sich erzählen.

Das war vielleicht eine Truppe! Sie waren vier Mädchen und vier Jungs.

Da waren:

Er, Kevin, der Blinde;

Serena, die im Rollstuhl saß, weil ihre Beine gelähmt waren;

Jonny, der mit nur einem Arm geboren wurde;

Bill, der den ganzen Tag mit einem Helm herumrennen musste, weil er manchmal einfach plötzlich das Bewusstsein verlor und hinfiel;

Marie, die das Down-Syndrom hatte;

Sally, die aufgrund eines traumatischen Erlebnisses so leise redete, dass man sie kaum verstand;

Michi, der an starker Neurodermitis litt und immer Handschuhe trug, weil er sich sonst blutig kratzen würde

und noch Alice, die an Leukämie erkrankt war und als Folge einer Chemo-Therapie nun auch keine Haare mehr hatte.

Auch die vier Betreuer stellten sich vor. Es waren zwei Männer und zwei Frauen, alle zwischen fünfundzwanzig und dreißig Jahre alt. Sie waren sehr nett und erklärten, was sie in den nächsten Tagen alles mit den Jugendlichen vorhatten.

Auf dem Programm standen verschiedene Spiele in der Natur, baden im See, ein paar kleine Exkursionen, verschiedene kreative Workshops, gemeinsames Kochen und am Abend Lagerfeuer mit Gitarrenmusik.

Nach einem leckeren, einfachen Abendessen wurden sie auf die beiden Vierbettzimmer verteilt und man half ihnen, sich mit allem zurechtzufinden. Jeder bekam noch eine Taschenlampe und einen Notfall-Piepser für die Nacht und dann schliefen sie alle, erschöpft von der Fahrt und der ganzen Aufregung, sehr schnell ein.

Am nächsten Tag war eine Schnitzeljagd geplant. Dabei ging es nicht um Schnelligkeit, sondern darum, als Team insgesamt zehn Orte zu entdecken, an denen jeweils ein Rätsel zu lösen war.

Jedes Team bestand aus einem Jungen und einem Mädchen, die zusammenarbeiten und sich gegenseitig unterstützen sollten.

Es war klar, dass Serena Kevins Buddy war, denn das hatte sie so eingefädelt.

Obwohl sich Kevin ja eigentlich vorgenommen hatte, sauer zu sein und die Zeit im Camp einfach nur so schnell wie möglich hinter sich zu bringen, genoss er doch die Abwechslung, die verschiedenen Geräusche und Gerüche des Waldes und die frische Luft. Er fing an, sich an das Camp und die Gesellschaft der anderen „Krüppel" zu gewöhnen und freute sich sogar irgendwie darüber, dass Serena sein Buddy war. Sie war so quirlig, fröhlich und lebendig, dass es auch auf ihn ein wenig abfärbte.

Die drei anderen Teams bestanden aus Down-Syndrom-Marie und Helmträger-Bill; der leisen Sally und dem einarmigen Jonny sowie aus Alice-ohne-Haare zusammen mit Handschuh-Michi.

Jedes Team bekam ein Start-Rätsel, einen Rucksack mit zwei Wasserflaschen, Brotzeit, einer dünnen Decke, einer Landkarte des Geländes rund um das Camp und einem Fernglas. Außerdem sollte jeder seinen Notfall-Piepser umhängen.

Und dann ging es los. Jedes Team streunte in eine andere Richtung davon.

Serena las Kevin das erste Rätsel vor:

„Geht dorthin, wo die Sonne aus ihrem Bett steigt und besucht die fünf Riesen, die sich zum Rat versammelt haben. Dort, wo sie Schutz gewähren, findet ihr das nächste Rätsel. Hmmm…"

„Dann muss es Osten sein!", rief Kevin.

„Ja, genau!!! Die Sonne geht im Osten auf! Wir müssen also nur in die richtige Richtung gehen und fünf Riesen finden!", freute sich Serena.

„Was könnte denn mit den Riesen gemeint sein? Vielleicht fünf Steine, oder so. Auf jeden Fall müssen es fünf große Dinge sein, die man gut sehen kann und die irgendwie zusammengehören", überlegte Kevin.

„Nun, das werden wir schon rausfinden! Und jetzt hopp hopp!!! Lass uns einfach mal losgehen, sonst wird's noch dunkel, bevor wir überhaupt angefangen haben", lachte Serena.

Schnell fanden sie die Richtung, in der am Morgen die Sonne aufgegangen war und Kevin versuchte, Serenas Rollstuhl über den unebenen Kiesweg zu schieben. Die Steine und Mulden machten daraus jedoch ein äußerst anstrengendes und holpriges Unterfangen.

„Ich habe eine Idee!", rief Serena. „Lassen wir den Rollstuhl doch einfach hier. Du könntest mich auf deinen Schultern tragen und ich sage dir, wohin du gehen musst. So kommen wir doch viel schneller voran! Ich bin nicht besonders schwer und du bist ja groß und stark (und gut-aussehend, dachte sich Serena im Geheimen). Was meinst du?"

Kevin fand die Idee gut. Er war ein bisschen aufgeregt, denn er hatte noch nie zuvor so engen Körperkontakt mit einem fremden Mädchen gehabt. Er kniete sich vor Serenas Rollstuhl, sie hob ihre Beine über seine Schultern und hielt sich an seinem Kopf fest, während er aufstand. Sie war leicht wie eine Feder und ihr Körper fühlte sich so vertraut an. Ein warmes Gefühl durchströmte Kevin.

Aufgrund seiner Blindheit waren seine anderen Sinne sehr stark ausgeprägt und er nahm Dinge wahr, die andere Menschen nicht so bewusst registrierten. Normalerweise konnte er sogar das Schlagen der Herzen hören, wenn er an jemandem vorbeiging.

Seltsamerweise konnte er Serenas Herzschlag nicht hören ... wie komisch!

„Bin ich dir auch nicht zu schwer?", fragte Serena vorsichtig.

„Nein, überhaupt nicht! Ich spüre dich kaum!", entgegnete Kevin und wieder durchströmte ihn dieses merkwürdige Kribbeln.

„Okay! Du stehst schon genau richtig. Der Weg ist ein bisschen steinig, aber vor uns ist kein großes Hindernis oder so. Du kannst also einfach losgehen."

Sie klopfte sich auf die Oberschenkel und schnalzte mit der Zunge, als ob sie ein Pferd antreiben wollte.

Während Kevin sich in Bewegung setzte und das leicht schaukelnde Gewicht auf seinen Schultern genoss, beschrieb ihm Serena alles, was sie sah: „Wir laufen auf einem hellen Kiesweg, der durch einen Wald führt. Der Weg ist ein bisschen geschwungen und ganz gut in Schuss, also keine großen Löcher oder so. Hier stehen eine Menge hoher Fichten, durch die die Sonnenstrahlen scheinen. Am Boden wächst grünes, frisches Moos, in das man sich am liebsten einfach nur hineinfallen lassen würde. Auf dem Moos liegen überall kleine und größere Äste, braune Nadeln und Zapfen von den Fichten herum. Und wenn die Sonne durch die Bäume auf die Farnblätter fällt, glitzern manchmal ein paar Wassertropfen. Es ist so schön hier! Hier wachsen auch ein paar Walderdbeeren am Rand, aber noch keine Spur von irgendwelchen fünf Riesen. Der Himmel ist hellblau mit ein paar weißen Wölkchen darin. Eine davon sieht aus, wie ein kleiner Hase. Da vorne wird es ein bisschen heller. Ich glaube, da hört der Wald auf."

Kevin mochte es, wie Serena die Umgebung beschrieb. So hatte das noch nie jemand für ihn gemacht. Er konnte es sich genau vorstellen und das weiche Moos, von dem sie erzählte, konnte er fast fühlen.

„Uiiiii!!!! Rehe!!! Sie springen genau vor uns über den Weg auf eine kleine Lichtung! Wie süß! Und da stehen … Ach…!"

„Was ist? Was siehst du? Sag schon!", forderte Kevin Serena auf.

„Ha! Ich glaube, wir haben unsere fünf Riesen gefunden! Auf der Lichtung stehen fünf Bäume in einem Kreis. Die sehen fast so aus, wie wir in unserem Stuhlkreis. Was glaubst du? Könnten die Bäume mit den Riesen gemeint sein?", fragte Serena ganz aufgeregt.

„Das werden wir gleich wissen. Komm, lass uns hingehen!", erwiderte Kevin.

„Das macht richtig Spaß! Warte, dreh dich um neunzig Grad nach rechts. Gut. Und jetzt mach mit deinem linken Bein einen ganz großen Schritt nach vorne. Du musst über einen kleinen Graben steigen, der direkt vor dir verläuft. Super! Genau so! Und jetzt einfach geradeaus, mitten durchs hohe Gras. Ich glaube, da muss ich dich später nach Zecken absuchen!" Sie lächelte.

„Ok. Stopp! Wir sind da! Hmmm … wie hieß es? Dort, wo sie Schutz gewähren …. Lass uns mal um jeden Baum gehen. Wenn du deinen rechten Arm nach rechts ausstreckst, kannst du den ersten Baum berühren. Er hat eine weiße Rinde und Blätter!"

„Dann ist es wahrscheinlich eine Birke", meinte Kevin.

Er tastete vorsichtig den Baum ab, fühlte die raue Rinde unter seinen Fingern, die teilweise mit Flechten überzogen war. Ein erdiger, kräftiger Geruch stieg ihm in die Nase. Tief sog er die Luft ein. Wie schön das war!

„Also ich kann nichts entdecken! Wo gewähren die Bäume denn Schutz? In den Ästen? Unter den Blättern? Vielleicht ein Nest im Baum? Aber da kommen wir doch nie hin!", dachte Serena laut.

„Nein, das glaub ich nicht. Das wäre viel zu gefährlich! Vielleicht finden wir was am Boden bei den Wurzeln. Eine Art Höhle oder so", überlegte Kevin.

Sie untersuchten jeden einzelnen Baum ganz genau, bis sie beim letzten tatsächlich etwas entdeckten. Unter einer Wurzel war ein Hohlraum, der durchaus ein Zufluchtsort für kleine Tiere sein konnte. Und darin lag auch tatsächlich der Zettel für das nächste Rätsel.

Serena und Kevin waren so richtig in ihrem Element und lösten ein Rätsel nach dem anderen. Sie waren ein wirklich gutes Team, hatten Spaß und lachten viel.

Kevin trug Serena auf seinen Schultern und Serena beschrieb Kevin die Welt so, wie sie sie sah, schillernd, bunt, fröhlich und einfach nur wunderschön.

Ihre Beschreibungen waren so bildhaft, dass Kevin fast meinte, er würde alles selbst sehen. Dabei fragte er sich, ob er die Welt mit seinen eigenen Augen überhaupt auch nur annähernd so intensiv wahrnehmen würde, wie Serena es für ihn tat.

Er fühlte sich so wohl, wie schon lange nicht mehr, so voller Energie und Tatendrang, so lebendig, so … glücklich.

Auch Serena genoss es, auf Kevins Schultern zu sitzen. Auf diese Weise war es fast so, als ob sie selbst durch das hohe Gras, über Gräben und auf unebenen Wegen laufen würde. Sie liebte es, ihre Eindrücke mit Kevin zu teilen, ihm alles genau zu beschreiben und es dadurch selbst noch viel stärker zu empfinden.

Sie war noch fröhlicher als sonst und fühlte sich irgendwie … ja, … ganz.

Es würde ihr fehlen, nicht mehr von diesem kräftigen, anfänglich etwas mürrischen, aber unglaublich gutaussehenden, jungen Mann getragen zu werden, durch den sie ein Stück Freiheit erfahren durfte.

Auf dem Rückweg hatten sie noch genug Zeit, um sich auf einer Bank am Bach eine lange Pause zu gönnen.

Kevin setzte Serena vorsichtig ab.

Erst jetzt merkten sie, wie hungrig sie eigentlich waren und so packten sie unter der großen alten Weide ihre Brote und die Wasserflaschen aus und erzählten sich gegenseitig ihre Geschichten.

Kevin schilderte, wie er zunächst ein ganz normales, fröhliches Kleinkind gewesen war, das gerne herumtollte und es liebte, mit den großen, bunten Legosteinen seine eigenen Fantasiewelten zu erschaffen. Er beschrieb, wie die Bauklötze im Laufe der Zeit immer unschärfer und farbloser vor seinen Augen geworden waren. Die Hoffnungen schwanden nach jedem Arztbesuch und jeder weiteren Untersuchung immer mehr dahin, bis sich seine ganze Welt schließlich in eine graue Wüste verwandelte. Er vertraute Serena an, wie machtlos, ausgeliefert, wütend und nutzlos er sich oft fühlte und dass er keine Ahnung hatte, wie seine Zukunft als blinder Erwachsener aussehen könnte.

Es erstaunte ihn selbst, dass er ihr gegenüber so offen und ehrlich war. Das war er bisher nicht einmal zu sich selbst gewesen.

Serena hörte Kevin traurig zu. Sie konnte so gut verstehen, wie es sich anfühlte, wenn sich die eigene Welt von jetzt auf gleich veränderte.

Sie erzählte Kevin von ihrer Leidenschaft, dem Tanzen und von dem Tag, an dem ihr Vater sie mit dem Auto zum Ballettunterricht hatte fahren wollen, weil es so stark geregnet hatte. Ein paar Tränen liefen über ihre Wange, als sie an die Stelle kam, wo sie im Krankenhaus aufgewacht war. Ihre Mutter war neben ihrem Bett gesessen und hatte ihre Hand gestreichelt, die Augen rot von den vielen Tränen, die sie in den Tagen davor wohl vergossen haben musste. Serena hatte sich an nichts mehr erinnern können, nur an zwei grelle Scheinwerfer und sie hatte geahnt, dass etwas Schreckliches passiert sein musste. Sie hatte versucht, die Decke mit ihren Beinen wegzustrampeln, doch es hatte sich nichts gerührt.

Ihr Vater ..., sie schluckte, ... war noch an der Unfallstelle gestorben und die Ärzte meinten, es sei ein großes Wunder, dass Serena überlebt hatte.

Kevin spürte, wie ihr zarter Körper zitterte und legte tröstend seinen Arm um sie.

Serena beruhigte sich ein wenig und erzählte weiter, wie dankbar sie trotz allem war, noch am Leben zu sein und ihre Mama zu haben.

„Zum Glück sind es ja nur die Beine! Ich kann zwar nicht mehr so tanzen, wie früher, aber ich spiele Klavier und mit meinem Rollstuhl bin ich ganz gut beweglich. Wenn ich mit der Schule fertig bin, will ich Kunst und Musik studieren und vielleicht Lehrerin werden, das würde mir Spaß machen!"

Kevin bewunderte Serena. Wie konnte sie nach all dem, was ihr zugestoßen war, noch immer so positiv sein?

Während sie so dasaßen und redeten, überkam Kevin ein ganz merkwürdiges „Alles-ist-gut-Gefühl", ein Gefühl von Wärme, Geborgenheit und ... ja, noch etwas Neuem, das er in der Form noch nicht kannte.

Serena spürte Kevins tröstenden Arm um sich und auch in ihr regten sich die Gefühle.

Was für ein außerordentlicher junger Mann Kevin doch war. Seine raue Schale, mit der er versuchte, seine innere Verletzlichkeit zu schützen, hatte sie schon von Anfang an geknackt, denn es war ihre Gabe, in die Herzen und Seelen der Menschen schauen zu können. Und in Kevin schlummerte etwas sehr Großes, er wusste es nur noch nicht, weil es noch unter ein paar Schichten Zorn, Wut, Angst und Trauer vergraben war. Aber jetzt war SIE ja da und sie würde schon dafür sorgen, dass er diese Größe erkannte. Früher oder später würde er verstehen, dass der Verlust seines Augenlichts genau das Geschenk war, das er brauchte, um WIRKLICH SEHEN und den Menschen helfen zu können.

Die Tage im Camp vergingen wie im Flug. Niemals hätte Kevin gedacht, dass er hier so viel Spaß haben würde. Aber mehr noch. Er konnte diesen zusammengewürfelten Haufen von Jugendlichen inzwischen wirklich gut leiden. Hier durfte er ganz und gar er selbst sein, hier musste er sich nicht verstellen, hier konnte man ihn verstehen und hier fühlte er sich nicht mehr minderwertig.

Oft entstanden sehr schöne und unerwartet tiefe Gespräche zwischen Kevin und den anderen.

Er konnte spüren, was in ihrem Inneren vor sich ging und fand die richtigen Worte. Sie vertrauten ihm ihre Sorgen und Probleme an und zu seiner eigenen Verwunderung konnte er ihnen meistens auch helfen.

Mit Michi hatte er ein verrücktes Erlebnis.

Während eines Gespräches legte Kevin seine Hand auf Michis Schulter und wusste plötzlich, was die Ursache für dessen Neurodermitis war.

Nach und nach wuchs da etwas in ihm, etwas, das er noch nicht wirklich fassen konnte, das sich aber gut anfühlte und ihn mit einer freudigen Zuversicht erfüllte. Vielleicht gab es ja doch eine erstrebenswerte, erfüllende Aufgabe für ihn und eine glückliche Zukunft …

Am letzten Abend im Camp herrschte eine seltsame Stimmung. Einerseits wurde viel gelacht und auch die Betreuer waren locker und ausgelassen, andererseits schwang auch ein bisschen Angst und Wehmut mit, bald wieder alleine den Alltag meistern zu müssen.

Natürlich hatten sie alle bereits untereinander ihre Adressen und Telefonnummern ausgetauscht, so dass sie auch weiterhin in Kontakt bleiben konnten.

Außerdem wollten alle beim nächsten Camp unbedingt wieder dabei sein und sich dort treffen.

Das Lagerfeuer knisterte, sie grillten Würstchen am Holzspieß und aßen Kartoffelsalat.

Es war ein lauer Sommerabend und die Luft war geschwängert von Rauch und Abschied.

Wie immer saß Serena neben Kevin.

Besonders die Zweierteams vom ersten Tag verband inzwischen jeweils eine tiefe Freundschaft. Vielleicht lag das daran, dass sie eine Art Symbiose miteinander bildeten, dass der Eine die Schwäche des Anderen kompensieren konnte und dass sie zusammen jeweils irgendwie ein Ganzes bildeten.

So ging es ihm ja auch mit Serena. In gewisser Weise war sie seine Augen und er ihre Beine. So konnte er sehen und sie laufen.

Doch da war noch mehr ...

Er hatte sich Hals über Kopf in dieses zarte Mädchen verliebt, das ihn mit ihrem Optimismus und ihrer Lebensfreude angesteckt hatte. Mit ihr an seiner Seite war er einfach nur glücklich.

Nach dem Essen legte Serena die Hand auf Kevins Hand und flüsterte ihm ins Ohr:

„Ich würde so gerne nochmal zu dem Platz am Bach mit dir gehen, an dem wir am ersten Tag Pause gemacht haben. Bringst du mich hin?"

Er nickte und ein wohliger Schauer durchlief seinen Körper.

Wie selbstverständlich hob er Serena auf seine Schultern und ging den Weg, den sie ihm wies.

Schon von der Ferne konnte er das Plätschern des Wassers und das leise Rascheln der Blätter der alten Weide hören. Es roch nach feuchter Erde und kühlem Moos und … es roch nach Serena, der beste Geruch, den er sich nur vorstellen konnte.

Sanft ließ er Serena auf die Bank am Wasser gleiten. Eine ganze Weile saßen sie einfach nur still nebeneinander und genossen die Gegenwart des anderen.

Wieder einmal fragte sich Kevin, warum er wohl Serenas Herz nicht hören konnte …

Ihre Finger berührten sich leicht. Alles in ihm fing an zu kribbeln. Er spürte ihren Atem ganz nah an seinem Gesicht. Sein Herz pochte.

Serena nahm seine Hand und legte sie auf ihr Herz.

Und da FÜHLTE er es! Serenas Herz schlug exakt im gleichen Rhythmus, wie sein eigenes! Jetzt wusste er, warum er es nie hatte hören können!

„Serena, … ich …", versuchte Kevin für seine Gefühle die passenden Worte zu finden.

„Ja, ich weiß …", flüsterte Serena. „Mir geht es genauso …" Dann fanden ihre Lippen die seinen.

In diesem Moment verschmolzen ihre beiden Seelen miteinander, die Zeit schien für einen Moment stillzustehen und glasklare Klarheit erhellte Kevins Geist.

Er liebte Serena, aus einer Tiefe seines Herzens, von der er zuvor nicht einmal eine Ahnung hatte, dass es sie gab.

Und noch etwas wurde ihm in diesem Moment klar. Er wollte anderen Menschen helfen, denn er hatte hier im Camp herausgefunden, dass er aufgrund seiner Blindheit eine sehr sensible Wahrnehmung entwickelt hatte und sozusagen mit seinem Herzen sehen konnte. Er spürte, was ihnen fehlte und was sie brauchten und zum ersten Mal in seinem Leben empfand er seine Blindheit nicht als Behinderung, sondern als ein großes Geschenk.

Endlich wusste er, was seine Aufgabe im Leben war.

All das wurde ihm während dieses Kusses so klar, als würde Serena es beschreiben.

Serena öffnete die Augen.

Sie konnte den zarten Lichtschein sehen, der Kevin umhüllte.

Eine kleine weiße Feder schwebte einen Moment in der Luft und landete schließlich sanft auf Serenas Handfläche.

Glücklich schaute sie in den Himmel und lächelte.

Dann steckte sie die Feder behutsam in ihre Hosentasche und kuschelte sich an Kevin.

Feuerkreis

Kommt ihr Hüterinnen und Hüter des alten Wissens, der Erdkraft und der Schöpfung.

Setzt euch zu mir in den Kreis ans Feuer.

Lasst uns gemeinsam das Element der höchsten Schwingung erleben und seine Kraft, Energie und Leidenschaft in uns aufnehmen.

Lasst uns die Einheit der Vollkommenheit spüren und in der Unendlichkeit des Göttlichen alles transformieren, was jetzt gehen darf, auf dass es in neuem Lichte und in veränderter Form wiederkehren kann zum höchsten Wohle aller.

Lassen wir unseren Geist und unsere Seele beflügeln von der heilenden Energie des Vollmondes.

Feuerkreis

Die Trommeln schlagen im gleichmäßigen Rhythmus der Lieder, die wir singen und heben uns in die höchste Schwingung. Wir sitzen im Schneidersitz um das große Feuer herum und halten uns an den Händen, als Symbol der Verbundenheit. Wir alle sind Heilerinnen und Heiler, Weise und Hüter des alten Wissens, das wir vom Großen Geist, den Ahnen und den Naturwesen eingeflüstert bekommen. Wir sind Feuer, Wasser, Luft und Erde.

Wir sind „DER FEUERKREIS"…

***

Wie aus dichtem Nebel dringen langsam Geräusche an mein Ohr. Ein Specht klopft irgendwo an einem Baum auf der Suche nach Insekten.

Ich drehe mich auf die Seite, strample meine Füße frei und klemme die Bettdecke zwischen meine Knie. Obwohl ich meine Augenlider noch geschlossen habe, kann ich das orangefarbene Licht wahrnehmen.

Vorsichtig blinzelnd öffne ich meine Augen.

Ich liebe diesen Moment des Aufwachens am Morgen. Den Augenblick, in dem sich Traum und Realität miteinander vermischen.

Es ist noch sehr früh und die ersten Sonnenstrahlen bahnen sich ihren Weg durch das große, offene Panoramafenster, das den Blick auf die atemberaubende Natur freigibt. Ich sehe die bunten Wiesen, durch die sich der klare Bach schlängelt, den Wald in seinem tiefen Grün und im Hintergrund die silbergrauen Berge, auf denen teilweise sogar noch Schnee liegt. Der Wind spielt mit den leichten Vorhängen und weht die Geräusche und Gerüche des Morgens herein.

Ich genieße das Bild, das sich mir bietet, denn es spiegelt genau das wider, was mir im Leben wichtig ist: Offenheit, Geborgenheit, Leichtigkeit, Bewegung, Licht, Wärme, Liebe und Vertrauen, sowie Neugierde und Freiheit.

Mein Blick fällt auf meinen Mann, der neben mir liegt und noch schläft. Ich betrachte ihn liebevoll. Die zerzausten Haare, die Bartstoppeln, das leichte Zucken um seinen Mund, die Sorgen- und die Lachfältchen, die seine Geschichte erzählen, von der ich selbst ja auch ein so großer Teil bin.

Wir sind schon seit unserer Jugend ein Paar und unsere Beziehung ist etwas ganz Besonderes.

Ich vergleiche sie gerne mit dem Bild zweier Bäume, die nebeneinander wachsen und sich dann, wie in einer Umarmung, umeinanderschlingen. Jeder Baum ist eigenständig und mit seinen Wurzeln fest verankert in der Erde und doch stützen sich die Stämme gegenseitig. Die Äste sind miteinander verwoben und bilden eine gemeinsame, schützende Krone, jedoch wachsen an jedem Baum andere Blätter und Früchte.

Es ist nicht so, dass wir immer einer Meinung sind, ganz und gar nicht, aber wir wollen keine wertvolle Zeit verschwenden mit der Frage, wer recht hat. Vielmehr versuchen wir, uns auf unsere gemeinsamen Ziele zu konzentrieren und so finden wir auch nach einem Streit immer wieder schnell zueinander.

Lächelnd beobachte ich meinen Mann. Auch er hat hier seine neue Erfüllung gefunden. Er liebt es, mit dem Quad oder dem Traktor über das Anwesen zu fahren und nach dem Rechten zu schauen oder in der großen Werkstatt seinen handwerklichen und kreativen Talenten nachzugehen.

Leise klettere ich aus dem Bett, schnappe mir meine alte, übergroße Lieblingsstrickjacke und

laufe barfuß die Holztreppe hinunter in die Küche, in der der große, gemütliche Holztisch mit
den unterschiedlichen Stühlen steht.

Ich schalte die Espresso-Maschine für meinen
Mann ein und brühe mir einen leckeren Tee aus
den selbst getrockneten Kräutern aus unserem
Garten auf.

Auf meiner Lieblingstasse steht „My wishes
come true" und „Just BE".

Mit dem Tee in der Hand laufe ich vorbei am
offenen Kamin und der großen, bequemen Sofa-
landschaft.

Ich öffne die Glasschiebetür zum lichtdurch-
fluteten Atelier und betrachte das große Bild, das
ich am Vortag mit Acrylfarben gemalt habe. In
dem Raum stehen bereits etliche Staffeleien,
Leinwände, Farben und Pinsel, die nur darauf
warten, dass hier ein neues Kunstwerk entstehen
darf.

Ich gehe zurück zur Garderobe, schlüpfe in
ein paar selbstgestrickte, dicke Socken und trete
hinaus ins Freie auf die große, überdachte Holz-
veranda.

Ich stelle die Tasse auf das kleine Tischchen,
auf dem auch mein Notiz- und Skizzenblock für
mein nächstes Buch und ein paar Stifte liegen.

Die Morgensonne löst gerade die letzten Nebelschleier auf und weil es noch ziemlich kühl ist, wickle ich mich genüsslich in die dicke Wolldecke, bevor ich es mir in meiner geliebten roten Hängebank bequem mache.

Mit beiden Händen umschließe ich die warme Tasse und konzentriere mich auf die Geräusche um mich herum:

Das friedliche Kauen und Schnauben der Pferde, das Zwitschern der Vögel, das Summen der Insekten, das Plätschern des kleinen Bachs und das regelmäßige Quietschen der Ketten, mit denen die Hängebank an den Holzbalken der Veranda befestigt ist.

Eine frische, klare Brise weht in mein Gesicht und ich atme tief den Duft aus einer Mischung von Holz, Erde, Gras, Kräutern, Blumen, Schnee, Bäumen, Quellwasser und Pferden in meine Lungen ein.

Ich fühle mich lebendig, in mir ruhend und ganz im Hier und Jetzt.

Wieder einmal überkommt mich dieses unbeschreibliche Gefühl von absolutem Glück und tiefer Dankbarkeit.

Mein Blick und meine Gedanken schweifen auf dem Gelände umher.

Die kleine Pferdeherde steht friedlich zusammen an der Futterraufe. Diese lieben Seelen haben auf unterschiedliche Weise zu mir gefunden.

Kleiner Onkel, ein weißes Pony mit schwarzen Punkten, kam über den Tierschutz zu mir. Er wurde verwahrlost und unterernährt in einem abgelegenen Verschlag gefunden und brauchte dringend ein neues, liebevolles Zuhause. Djarfur, ein Isländer, sollte zum Schlachter, da er zu groß für die Zucht war. Der achtjährige Aramis, ein wunderschöner Friesen-Rappe mit Sehnenschaden wurde mir als Beistellpferd geschenkt und die Besitzerin der süßen braunen Araberstute Cindy war leider überraschend verstorben.

Und da war noch mein Seelenpferd: Luisa Dakota, eine wunderschöne Criollo-Scheckstute. Ich hatte sie im Internet entdeckt und es war sofort Liebe auf den ersten Blick gewesen.

Genau in diesem Moment hebt Luisa ihren Kopf und schaut mich wissend mit ihren sanften, braunen Augen an. Ich bekomme eine Gänsehaut, so intensiv und vertrauensvoll ist unsere Verbindung.

Seit ich denken kann, begleiten mich Pferde in meinem Leben. Ich fühle mich wie magisch zu ihnen hingezogen. Sie sind meine Energiequelle, Lehrmeister, Vertrauten und treuen Gefährten.

Die Pferde unterstützen mich bei meinen Coaching-Seminaren als Co-Trainer.

Sie öffnen die Herzen und spiegeln feinfühlig und ehrlich, was in den Menschen gerade vor sich geht.

Ich bin selbst jedes Mal zutiefst beeindruckt von dieser magischen Verbindung, die da zwischen Mensch und Pferd entsteht und davon, welch tiefe Erkenntnisse dabei gewonnen werden.

Es erfüllt mich so sehr, auf diese Weise in der Welt wirken und helfen zu können.

Mit Stolz betrachte ich die schnuckeligen und liebevoll gestalteten Gäste-Blockhütten, die halbkreisförmig um die Pferdekoppel herum angeordnet sind. Jede einzelne hat ihre ganz individuelle Note und ist komfortabel ausgestattet. Blumenampeln schmücken die kleinen Veranden, auf denen jeweils ein Schaukelstuhl steht. Über den Türen hängen alte Hufeisen mit weisen Sprüchen.

In den Bäumen auf dem Gelände baumeln Hängematten im Wind und hinter den Hütten

schlängelt sich ein Barfußpfad durch den hübsch angelegten Meditations-Garten, der von duftenden Blumen- und Kräuterbeeten gesäumt ist.

Kleine Plätze mit Skulpturen aus Holz, Stein und Metall sowie romantische Sitzgelegenheiten laden zum Verweilen und Träumen ein. Hier kann man meditieren, Yoga machen, malen, schreiben, oder einfach nur die Seele baumeln lassen und seinen Gedanken Raum in der Stille geben.

Ich bin glücklich, mit diesem Ort einen Raum der Begegnung, des persönlichen Wachstums und der Achtsamkeit für die Menschen geschaffen zu haben. Es ist jedes Mal spannend, welche Menschen hierher zu mir finden. Egal, ob Männer, Frauen, Paare oder Führungskräfte, meist sind es Menschen, die auf der Suche nach sich selbst sind und sich weiterentwickeln wollen. Hier können sie sich eine Auszeit vom Alltag nehmen, in der Natur neue Kraft und Energie schöpfen, zu innerer Ruhe und Klarheit finden und sich genau die Unterstützung holen, die sie gerade dafür brauchen.

Ich freue mich schon auf die Teilnehmer und Teilnehmerinnen meines Seminars in der kommenden Woche. Es macht so viel Spaß und Freude, all die unterschiedlichen, interessanten Persönlichkeiten kennenzulernen, mit ihnen intensiv und tief zu arbeiten und sie auf ihrem ganz eigenen Weg zu unterstützen.

Ich trinke meinen Tee aus, räkle mich und befreie mich schließlich aus der kuscheligen Decke.

Noch ein bisschen verschlafen gesellt sich mein Mann im Schlafanzug mit einer Tasse Cappuccino zu mir. Er gibt mir einen Kuss, legt den Arm um mich und gemeinsam genießen wir noch ein bisschen den Moment.

Heute kommen unsere Kinder mit ihren Familien zu Besuch und wir freuen uns schon, sie alle wieder um uns zu haben.

Die Enkelchen werden große Augen machen, wenn sie den Schwimmteich entdecken, den mein Mann direkt ans Haus gebaut hat, so dass man von der Veranda aus gleich hineinspringen kann.

Die selbstgemachte Hollunderlimonade, die sie so lieben, steht bereits im Kühlschrank und gleich werde ich noch einen leckeren Kuchen backen.

Bevor wir zurück ins Haus gehen, richte ich meinen Blick noch einmal auf den runden Platz vor den Hütten. Es ist das Herzstück dieses besonderen Ortes.

Ich lege die Hand auf mein Herz und verbinde mich mit der Energie des Feuerkreises …

***

Mandys sanfte Stimme holt uns zurück in die Gegenwart: „Nimm noch einmal die Geräusche und die Gerüche wahr und geh voll in das Gefühl, das du gerade hast. Wo kannst du es in deinem Körper am stärksten spüren? Wo darf es sich verankern? Vielleicht möchtest du deine Hand auf die Stelle legen. Dann atme noch einmal tief ein und aus und nimm dieses Gefühl mit, bevor du auf dem Zeitstrahl wieder zurückreist zum heutigen Tag. Bewege langsam deine Finger, deine Zehen, deinen ganzen Körper. Wenn du so weit bist, öffne die Augen. Willkommen zurück im Hier und Jetzt."

Wow! Was für eine schöne Gedankenreise zu meiner Vision!

Wir liegen auf unseren Matten auf dem Boden und recken und strecken uns. Einige gähnen, manche setzen sich auf und andere bleiben noch ein wenig liegen.

Ich schaue in die glücklichen und entspannten Gesichter um mich herum und entdecke auch mein eigenes in der großen Spiegelwand vor mir.

„Nun nehmt euch noch ein paar Minuten Zeit", fuhr Mandy fort. „Überlegt euch, was euch eure Vision sagen möchte, was die Essenz daraus ist. Schreibt eure Gedanken dazu gerne auf den Block, der neben euch liegt. Wichtig ist jetzt, eure detaillierte Vorstellung liebevoll wieder loszulassen. Denn es geht nicht darum, dass es genau so kommen muss, wie ihr es jetzt gesehen habt, sondern darum, dass sich die Essenz daraus entwickeln und ausdrücken darf. Was davon lebst du vielleicht schon? In welcher Form? Wo darfst du dich noch mehr zeigen? Wo fühlst du dich hingezogen? Welcher rote Faden läuft durch dein Leben? Wie kann sich deine Essenz schon jetzt im Moment ausdrücken? Das Universum will, dass du deine Essenz lebst. Deine Antennen sind jetzt auf „empfangen" eingestellt und dein Unterbewusstsein wird dich dabei unterstützen, dass es so, oder noch viel besser kommt, als du es dir jetzt überhaupt vorstellen kannst. Sei einfach offen dafür, was nun alles in der nächsten Zeit zu dir kommen will und folge deiner Intuition."

Ich überlege einen Moment und mir wird klar, dass ich die Essenz aus meiner Vision heute schon lebe und dass sie sich in vielen kleinen und größeren Dingen ausdrückt.

Es kommt nicht darauf an, WIE ich mein Soul-Heart in die Welt bringe, sondern DASS ich es tue.

Meine Hände wandern an die Stellen meines Körpers, an denen ich auch vorhin wieder dieses tiefe und starke Gefühl des „ICHSEINS" verspürt habe: An mein Herz- und mein Sakral-Chakra.

Eine Erinnerung durchflutet mich und erfüllt jede einzelne Zelle meines Körpers mit den Klängen der Trommeln, die im gleichmäßigen Rhythmus der Lieder schlagen, die wir singen.

Wir halten uns an den Händen und sitzen im Kreis um das Feuer.

Ich spüre die Hitze und die reine, kraftvolle Energie, die uns umhüllt …

**

Ich erinnere mich.

Ich erinnere mich daran, wer ich bin.

Ich erinnere mich daran, warum ich bin.

Ich erinnere mich an meine Aufgabe hier.

Ich bin Heilerin, Hüterin und Lichtbringerin.

Ich erinnere mich.

Ich erinnere mich an **DEN FEUERKREIS.**

Bildernachweis

Alle Bilder, Skulpturen und Fotos, die in diesem Buch verwendet werden, stammen von Monika Staudacher.

Eine Weiterverwendung durch Dritte ist nicht gestattet.

Platz für persönliche Gedanken